대운동장
신당
상왕십리
왕십리
한양대
뚝섬
성수
건대입구
구의
강변
성내
잠실
신천
종합운동장
삼성
선릉
역삼
강남
교대

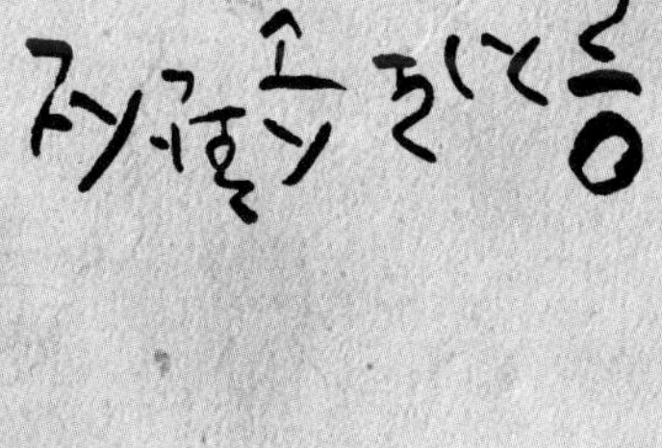

을지로순환선

초판 1쇄 발행 2008년 2월 27일 **초판 6쇄 발행** 2017년 5월 19일 **그린이** 최호철 **펴낸이** 강인선 **펴낸곳** 거북이북스 **편집** 심상진, 최옥경 **디자인** 김유진, 이승연 **마케팅** 구본건 **경영지원** 이혜련 **등록** 2005년 5월 23일(제313-2005-001108호) **주소** 14505 경기도 부천시 길주로 1 한국만화영상진흥원 만화비즈니스센터 412호 **전화** 032.323.8895 **팩스** 032.323.8894 **홈페이지** www.gobook2.com **인쇄** 전광인쇄정보(주) **ISBN** 978-89-92479-21-9 03810
책값은 뒤표지에 있습니다.

작지만 내가 사는 이곳이,

이 터전이 세상의 중심이다.

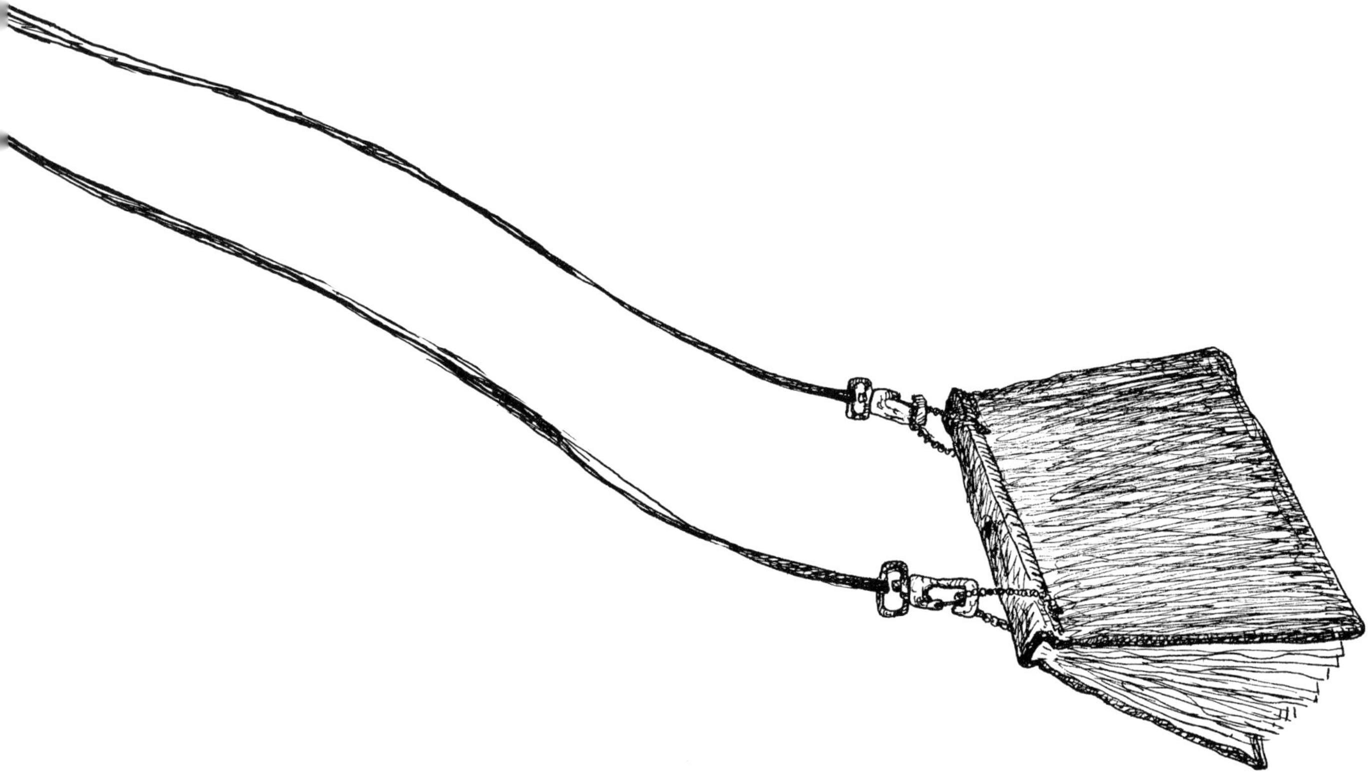

이 풍속화에 등장하는 공간은 내가 다녀 본 곳들이다.

이 책을 보다 보면 어쩔 수 없이 내 생활 반경이 빤히 들여다보인다.

차 례

서문

｜비비적거리며 그리기｜

강홍구

최호철이 그림책을 낸다. 아니 만화책인가? 어쩌면 둘 다이고, 여하튼 내게 글을 부탁한다. 비평문은 물론 아니고 서문이다. 비평 따위는 조금도 쓰고 싶은 생각이 없다. 서문이 뭘까? 머리말? 사전을 찾아본다. '머리말. 서문을 보면 책의 내용을 대강 알 수 있다.'라고 나와 있다. 그러니까 요는 호철이가 내는 책의 대강이나 사항을 적어야 된다는 말이다. 하지만 책에 담긴 그림을 글로 요약한다는 것은 말이 안 되니 그의 그림에 관한 이런저런 이야기들을 적는 수밖에 없다.

먼저 떠오르는 것은 스무 해도 더 전, 1984년 대학교 1학년 실기실이다. 창 밖으로 한강이 내려다 보였던 실기실. 오후가 되면 직사광선이 들어오는 바람에 좀 귀찮았던 실기실에서 최호철이 그림을 그린다. 열심히 그렸던 것 같다. 상권이, 진석이, 주영이, 경복이 등등의 이름도 같이 떠오른다. 이제 사십대 초반이 되었으니 이렇게 이름을 부르는 것도 이 글이 마지막이 아닐까 싶다. 가방을 어깨에 둘러멘 호철이가 이마에 땀을 흘리며 실기실로 들어온다. 캔버스를 이젤에 올리고 물감을 짜고 붓을 든다. 호철이의 옷 어딘가에도 물감이 묻어 있다. 안 봐도 뻔하다. 왜냐면 그는 덜렁이니까.

다음에는 학교 근처에 있던 그의 집 좁은 방이 떠오른다. 70년대에 지었으리라 짐작되는 그 집 방에는 호철이의 모든 것이 있었다. 그가 자주 흥얼거리던 '러브 오브 마이 라이프'가 실린 퀸의 음반과 잡지, 그림, 만화, 책 등이 곳곳에 쌓여 있었다. 그는 뭔가 모으는 데 일가견이 있었다. 그리고 또 라면이 떠오른다. 모든 종류의 라면을 거의 다 먹어 보았으면서도 새로 나온 라면이 있으면 나오자마자 시식을 해 보던 호철이. 특히 국물에 관해서는 일종의 달인이었다.

다음에는 지하철이 나타난다. 늘 크로키 북과 로트링 펜을 들고 다니던 호철이. 어깨에 멜 수 있는 끈이 달린, 잃어버릴 경우를 대비해 돌려달라는 간곡한 부탁과 주소 그리고 전화번호가 쓰여진 그 스케치북을 몇 권째 보았는지 잊어버렸다. 지금쯤이면 거짓말 좀 보태서 창고 하나 가득 찰까.

이미 십 년쯤 전에 나왔어야 했을 그의 책에 있는 그림들은 호철이와 자꾸 겹친다. 물건이 잔뜩 쌓인 그의 방, 작업실, 스케치북 따위가 같이 쌓인다.
그의 그림 속에는 대개 뭔가 잔뜩 있다. 아파트, 산동네, 버스 안, 길거리, 지하철, 방 안 등등 어디를 보아도 사람과 물건들이 있다. 그냥 있는 게 아니라 많다. 많을뿐만 아니라 넘친다. 넘쳐서 다시 그림이 된다. 그것이 그가 세상을 보는 방법이다. 만화의 형식이건 일러스트건 마찬가지다.

내가 주의 깊게 보는 것은 간략한 글이 쓰인 그의 그림들이다. 이걸 어떻게 분류해야 할지는 모르겠다. 거의 만화의 원형과 유사한 이 그림들의 일부는 도미에가 그린 19세기의 풍자화와 겹치고 또 일부는 현대 만화 같다. 흥미롭다. 왜냐면 칸 나눔이 없는 만화, 한 칸 만화라고 부를 수도 있고, 풍속화라고 부를 수도 있는 그 그림들에는 서사적인 내용이 차곡차곡 담겨 있기 때문이다. 그의 세계다.

초기에는 펜과 물감으로, 지금은 아마도 컴퓨터를 이용해서 그려진 그의 그림은 도시 밑바닥에서 시작한다. 그러나 그의 도시성은 서민적이라고 부를 수 있는 도시다. 일종의 변두리성, 아니면 기층적인 요소들이 있다. 그런 요소들은 그가 홍익대 뒤의 '와우산'(이 책 18쪽)에서 본 서울을 그린 그림에서 먼저 눈에 띄었다. 아마 이 그림은 우리에게 작심하고 그려 보여 준 최초로 만화, 일러스트, 회화적인 것이 한꺼번에 들어 있는 기념할 만한 그림이었을 것이다. 맨 앞쪽 가까운 곳에서는 산동네 풍경이, 저 먼 곳에는 빌딩과 아파트가 늘어선 도심이 보인다. 한 화면 속에 서울이 들어 있다. 가까운 곳의 세밀한 묘사에서 저 먼 곳의 희미한 형상들까지 거기에 있다. 그 이후 그의 그림은 늘 그곳을 떠나지 못했다. 그가 어디로 이사를 가건, 학교에서 학생들을 가르치건 마찬가지였다. 마치 그가 늘 메고 다니는 무겁고 커다란 가방처럼. 가방 안에 든 그림 도구, 카메라, 책 따위처럼 차곡차곡 들어 있다.

다음으로는 지하철 그림이다. '을지로순환선'(이 책 표지, 54쪽)이다. 우리는 을지로순환선을 타고 워커힐 미술관에 가곤 했으니까. 아니 뭐 을지로순환선이 아니라도 상관없다. 그림 속의 승객들은 우울한 표정이다. 뭔가 귀찮아하는 것 같기도 하다. 삶 자체가 귀찮은 것일까. 그러나 사실 나는 그 승객들의 표정보다도 역시 뒤틀린 차창 밖으로 보이는 풍경에 관심이 있다. 광각렌즈로 들여다본 듯한 왜곡된 광경들은 기이하다. 높은 빌딩, 아파트는 비비 꼬여 있고, 산동네는 더 높이 솟아오른다. 그것은 광물질로 이루어진 도시가 아니라 일종의 동물처럼 보인다. 더 정확히 말하자면 괴물이다. 그 괴물은 도시이고 지하철은 괴물의 내장을 지나고 있다. 어쩌면 사람들은 그 내장 속의 삶이 싫은 것이다. 그렇다고 딱히 도망갈 방법도 없으니까 더 싫을 수밖에. 물론 이것은 전적으로 내 생각이다. 호철이는 도시를 좋아했다. 그는 서울내기니까 그럴 수밖에 없다.

그가 좋아하는 도시에 대한 관찰은 섬세하다. 얼마나 섬세한가는 위에서 예를 든 그림만 보아도 되지만 그 이후에 그려진 다른 것들을 보아도 금방 알 수 있다. 단칸 만화 같은 일러스트레이션 속의 시장, 골목길, 대추리 등등 어느 것을 보아도 눈에 띈다. 때로는 그 때문에 그림 위에 쓰인 대사들이 군더더기로 보이기조차 한다. 물론 거기에는 일종의 유형성이 있다. 그러나 그 유형성조차도 우리 삶 자체의 패턴이다. 때문에 그 패턴은 현실성을 얻는다.

이 현실성이 그의 그림들에 접근하기 쉽게 만든다. 이게 뭔 말인가. 접근하기 쉽지 않으면 일러스트도 만화도 아닌데. 너무 당연한 말을 했더니 좀 쪽팔린다. 시선의 측면에서 보자면 그의 그림들은 이른바 조감도적 시각과 낮은 시점들이 되풀이 된다. 장면 전체를 보여 주기 위해서는 조감도적 시각이, 개별적인 사물이나 대상에 집중하고자 할 때는 낮은 시각이 주가 된다. 그것 자체도 특이한 것은 없다. 중요한 것은 그러한 시각들이 적절히 구사되어 세계와 삶을 다시 보게 한다는 것이다. 그리고 삶을 다시 보게 하는 힘은 구체성에서 온다. 그의 그림 속에 있는 사소한 구체성은 추상적인 것을 다룰 때는 없는 어떤 진실성을 보여 준다. 아니다, 뭔가 생각하게 하는 힘이 있다. 우리가 사는 세계를 다시 되돌아보게 하는 힘. 그 힘은 낯익은 것들을 낯설게 하고 시선 자체를 되돌아보게 한다.

다시 그의 그림을 보니 그런 생각이 든다. 이 구체성을 더 밀고 나가서 끔찍하게 만들어 버릴 수는 없을까. 구질구질할 정도의 끔찍한 구체성이 가진 무시무시함을 보고 싶다. 그러려면 역시 컴퓨터보다 손이 낫다. 지금 내가 보는 그의 그림들이 디지털로 재현된 것이기 때문만은 아닐 것이다.

이제 호철이한테 건방진 충고를 하고 싶어진다. 그의 재능이 자꾸 어디론가 새는 듯한 느낌이 든다고. 그는 늘 바쁘다. 작업을 하기보다 다른 일 때문인 것 같기도 하다. 학생들을 가르치는 데 너무 열심이어서가 아닐까. 사실 자세한 사정은 모른다. 이제 예전처럼 자주 보기도 힘들고 하니 그럴 수밖에. 야, 호철아. 책 낸 것 축하한다. 책이라는 게 자신이 뭘 했는지를 한꺼번에 다시 보게 하는 힘이 있는 거니까 그걸 축하한다. 이제 애들 너무 열심히 가르치지 말고, 학교일도 적당히 하고 그림 좀 더 많이 그려라. 무시무시하고 끔찍하도록.

강홍구 | 화가 · 작가

제1장

우 리　사 는　풍 경

이제는 더이상 봄을 기다리지 않는 땅.
피우지 못할 꽃 대신
돈이 자라나는 땅.

보장하라
땅
단결
쓰레기투기 금지
땅부동산
경작금지
살고싶은

도시는 자신을 세워 준 이들의 터전을 숨기며 자란다.
더 커지면 아예 바깥으로 밀어내 버린다.

건물들에 포위된 동네 뒷산에 꽃 가득 필 때조차
꽃내음 한번 가까이 즐길 틈 없이
경쟁에 내몰리는 꽃피는 나이의 학생들.

아직 새싹이 돋지 않는
아직 잎사귀 하나 없는 앙상한 나무아래
햇병아리 신입생들을 목빼고 기다리는 어른들.
사랑으로. 걱정으로. 장삿속으로.

사진현상
복사
잉크충
준비물
코팅
팩스
피아노
보습학원

시원한 강줄기 따라
꽉 막힌 롤러코스터.
서울 출근길.

낮은 집들이 각자 알아서 높아진 마을.
좁아진 길만큼 마음도 좁아진다.
잘 살든지 말든지
어떻게든 알아서 살아가고
세금만 제때 내라 한다.

저녁 뉴스 시간에 잠깐 비춘 물난리 소식.
그 시름도 복구도 잠깐만에 해소되었으면...

지갑 좀 열어 줘…
제발…

바다가 나를 부르기 전에
바다로 등 떠미는 풍경이
먼저 다가온다.

드디어 떠난다.
자동차 없고 사람 없는
자연의 품으로!

냉차
음료수.

오늘만큼은 현실에 찌든 엑스트라가 아냐.
세상의 주인공이야.
흉내낸 거라도 말야.

대기실

황무지 땅으로 내몰려
몸뚱아리 하나로 성남을 세웠던 세월이
함께 늙어 가는 곳.
성남 모란 민속 오일장.

화장실
순대
곱창
소변금지

학교 종이 땡쳤다.
어서 나가자.
학원 차가 우리를
기다린단다.

영재학원
속셈
영어
컴퓨터

이태백, 삼팔선, 사오정들.
더 나은 조건의 포장을 위해
사각의 틀에 기약 없이 하루하루를 가두는
공공 도서관의 아침.

정숙

마을에 TV 몇 대 없던 시절.
한가한 주말 저녁이면
이렇게 지냈던 것 같은데…

캔
병
휴지

이제 바닥을 드러내기 시작한 물 없는 개천에
지하수를 끌어다 흐르게 할 때쯤이면
주변의 오래된 것들은 모두 떠밀려 가겠지.

저 떠나가는 노점상처럼 ···.

효창공원에서 여의도 가는 길
가득 채운 노동 세상 외침이
곧 사라질 공덕동 재개발 지구
곳곳에 스며든다.

끊임없이 거대한 도시의 일터와 쉼터 사이를

다람쥐 쳇바퀴 돌듯 맴도는 을지로 순환선.

장애인, 이주노동자, 비정규직, 아이, 노인…
이 사회의 소수자이자 약자들이 탄 버스가
더 이상 내리막길로만 가지 않기를…

사랑의 예수님은 어디 가셨는지
선물의 산타만 연말을 지키고 있네….
우리는 작년 것만으로도 충분히 반짝이는
연말을 보낼 수 있단다.

Merry Christmas

네모난 도시에 동글동글 눈이 내린다.
쌓일 곳도 스며들 땅도 없이
지저분하게 질척대다 하수구로 녹아 내릴 눈이
예쁘게 흩날린다.

반듯한 네모 도시의 사람들이
자신들이 갇힌 사각틀을 뒤흔든다.
또 다른 네모 속으로 들어가기 위해…

제2장

일 하 는 사 람 들

시원

허 허….
도시에 봄이 오니
개구리 대신 버려진 물건들이
햇살 쬐러 나오는구나.

쓸어낸 겨울 밑에서
숨었던 봄이 보이네….

일상의 고단함에
소음은 자장가로
세상은 베개가 된다 .

기대와 노곤함이 양방향으로 갈린
휴가철 외곽 도로 정체.

여기서 얼마나 버틸 수 있을까….
우리 고향과 다를 바 없이 촌구석이던 이곳이
금방 아파트에 먹혀 버리게 생겼으니….
역시 한국은 무서워.

흙탕물 막막한 절망을 닦아낸 자리에
걱정 가득 이웃 김 씨 얼굴이 보인다.

더워서 낮에는 바깥일을 안 한다는
아열대 기후가 되어 간다는데….
왜… 여기는 날씨만 아열대냐….

아직 꾸물꾸물 구름이 있으니
기왕 나온 거 다음 비를 기다려 보자.

한 번 발품만으로 수십 그릇치의 죽값을 벌던
10년 부동산을 접고 그 자리에 차린 죽집.
오천 원 짜리 야채죽 한 그릇
만 원짜리 전복죽 한 그릇에
모든 걸 걸었다.
지갑아 열려라.
몸이 부서지도록 일할 수 있게만 해다오.

감자탕

야! 이렇게 만나다니.
놀랐다….
기억나니?
이 자리에서 뛰놀던
어린 시절 우리 마을이….

어휴… 문 안 닫고 버틴 게 어디야.
모두들 정말 고생 많았어요.

2004 12

우리 삶의 유·무선 관계를
유지 보수해 주는 손길들.

추워서 굳어진 바깥 마음이
새어나온 불빛 온기를 찾아온다.
백열등 밑에서 풀리는 얼음장 기억들. 관계들.

오를 수 없는 높이의 벽을 닦고 칠한다.
비정규 일거리로…

자녀들 아토피 때문에 하신다구요?
옛날 나무나 흙으로 지은 집들은
숨을 쉰다고, 이런 공사
필요 없다 하더라구요.

땅 밑 세상이 안 받혀주면
땅 위 세상도 다 헛거여
그게 세상 이치지...

새해 아침이라고
뭐 특별히 바뀌리라 기대도 않지만
바람이 있다면
올해도 무사히 일할 수 있도록….

로또판매점
2004
LOTTO
각종복권교통카드충전
LOTTO
담배
당첨번호
충전기설치

제3장

큰 세상, 작은 목소리

마을에 길 뚫리면 잔치 벌이던 때가 엊그제 같은데
사람의 길이 자연의 길을 끊지 말아야 한다는 깨달음인가
길을 나누어 쓰길 싫어하는 지역 이기주의인가.
이제는 사람마저도 사람의 길을 무서워하는 시대가 되어간다.

|경기도 성남시 구미동.
성남 용인 간 도로 접속 분쟁 현장|

주거지역 관통하는 동북-분당 고속화도로

쫓기듯 농촌서 서울 올라와
30여년 노점 끝에
내몰린 황씨의 장사 터전.

fashion

할머니들의 소리가
빗속의 눈물처럼 사라지는 게 아니라
강이 되고 바다가 되는
그날까지…

일본군'위안부'문제해결을 위한 정기수요시위
(Wednesday)
사죄배상
진상규명
사죄배상

침략전쟁에 잡힌 인질.
그가 그토록
살아 돌아오고 싶었던 곳.

제발 김선일을 살려달라
부산 범일동 주민

어서 미군기지가 옮겨와 더 커지길 바라는
경기도 평택시 팽성읍 안정리.
기지 확장으로 삶의 터전을 잃게된
이웃 마을의 이전 반대 외침이
네온 불빛에 묻혀 버리는 곳.

HOTEL
MOTEL
안정쇼핑몰
반미집회 지역경제 죽인다
미8군기지이전 절대지지
PC
평화로운 우리지역 반미집회 웬말이냐
SHOP
MONEY EXCHANGE
NIGHT CLU
DRUNK
HOF
Rock EAGLES
BAR
We love U.S military
All of the residents
AMYANG
WOW KEBAB
안정상회

미군기지 뒤쪽 철책따라 난 길로만 드나들 수 있는
평택시 팽성읍 대추리.
정부가 미군에게 주기로 한 땅.
자기 땅에서 계속 살고자 하는 마을 사람들의 소리는
철책을 넘을 수 있을까.

미군기지확장 결사반대
단 한평도 미군에게 줄수없다
이땅은 생명의 땅
전쟁반대

제4장

우리 집 이야기

올해는
일하지 말고
공부하지 말고
그냥 이렇게 놀면서 같이 지내자.
적어도 일주일에
한 번은 말야…

매번 구입한 물건보다
더 많이 지불한 것 같다는
오해가 풀릴 때
피로가 몰려온다.

SALE

버릴 게 없던 만큼
살 것도 없던 시절이
아직 몸에 익은데
사는 만큼 버릴 게 넘치는
물건투성이인 세상이 얄궂다.

그래, 언제라도 지금처럼
활개 펴고 당당하게 살려무나.

그리고 아빠 너무 밀지 마…

집까지 모셔다 드리고 싶어도
여기가 종점인걸요.
자. 빨리 내려서 올라가셔야죠.
내일 새벽 또 일하러 나오려면요.

비디오
야채과일

울 아빠 10년 다녔다는
회사 망하고
월급 대신 가져온
중역 의자.
마당의 우주 정거장….

평생을 쉼 없이 일했건만
저 많은 집들 중에
내 집은 없는 걸까…

책상 보다도 작은 하늘이지만
이렇게라도 잠깐씩 맛을 보면
몇 시간 버티는 건 문제 없다구.

파란하늘 만지는 無我의 자유

자는 것도. 일하는 것도 사야 할 물건들도

모든 게 달라졌다.

결혼도 아직 낯선데… 육아라니.

이렇게 말고는 변화하지 않는 삶이 놀랍다.

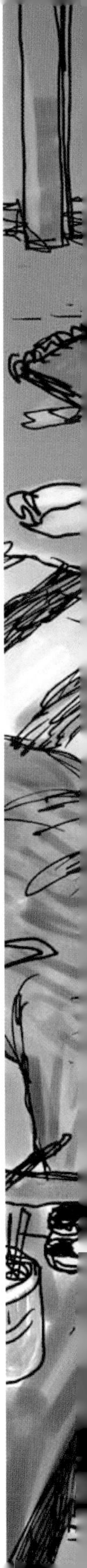

왕자OK.

감기 들게
왜 이리 비를 맞고 다녀…
더럽게
흙을 잔뜩 묻혀 왔잖아 !

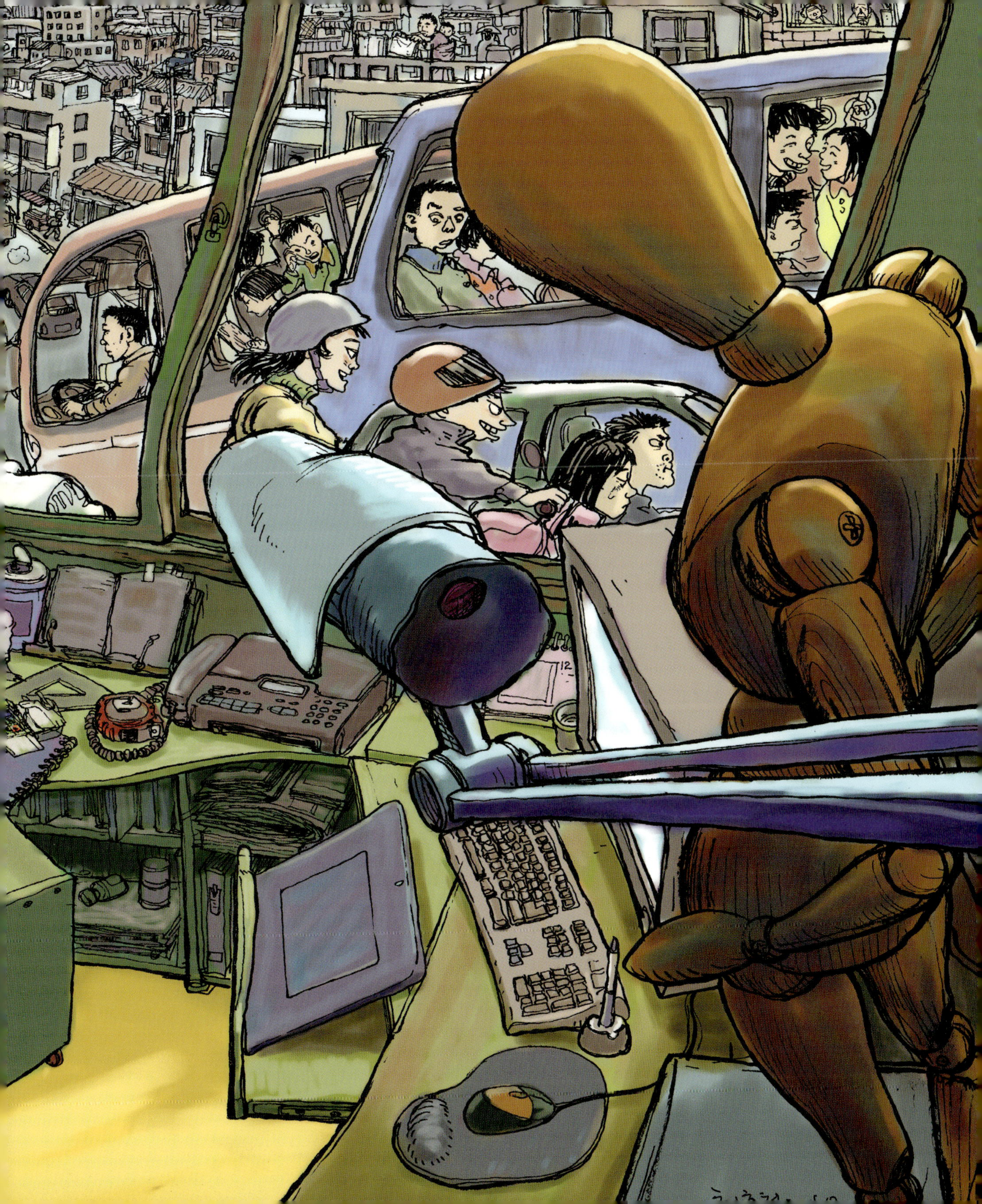

제5장

스케치로 담은 기억

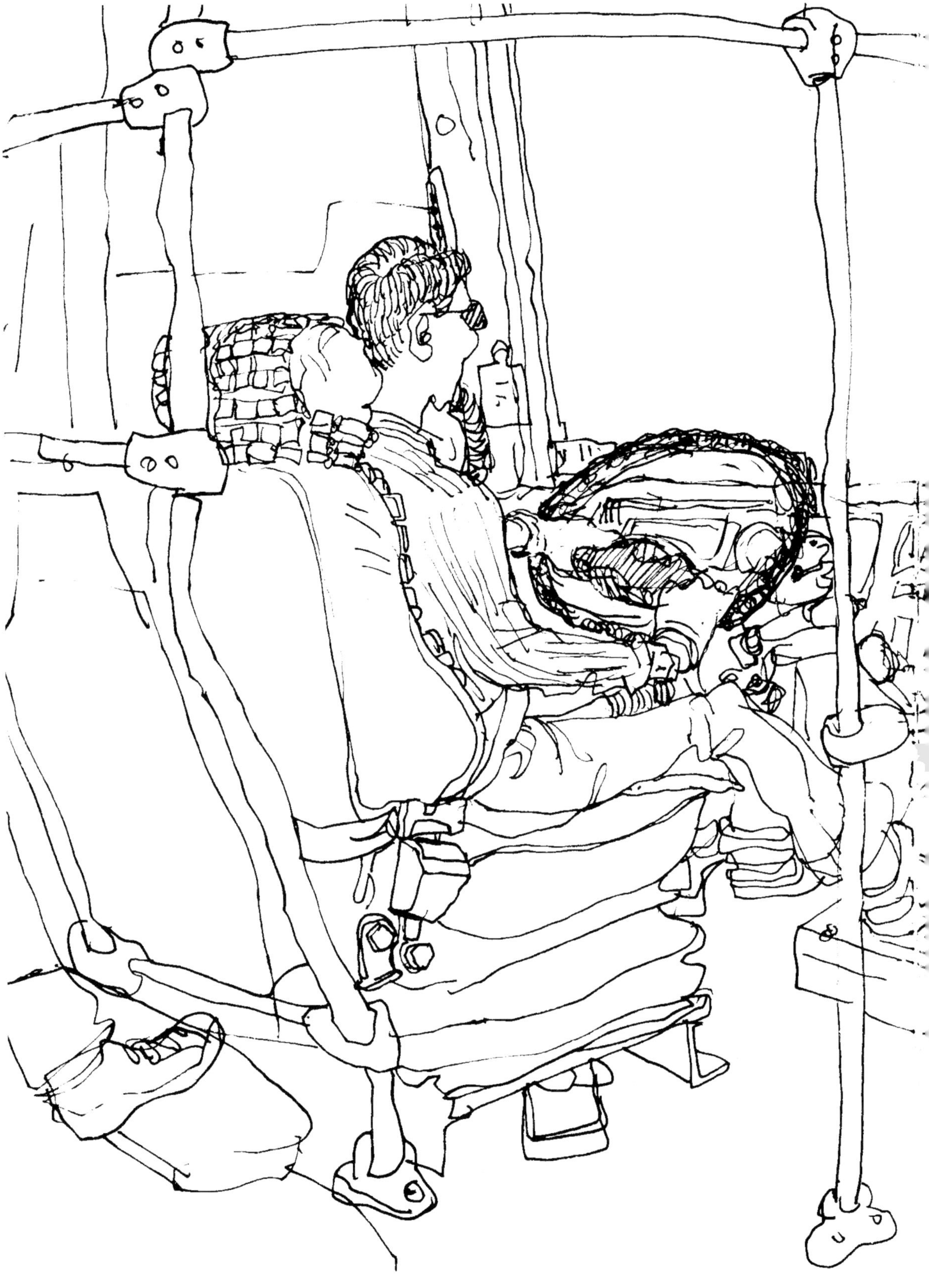

자신이 본 걸 그린다.
본 걸 말할 수 없으니
본 걸 그릴 수밖에…
내 삶에서… 이렇게
버스 운전석 보는 일이 각별한
경험이 될 줄이야.
별다른 일을 겪지 않으니
늘 버스 기사 운전석 그리는 일이 새롭다.
찾아 나서지 않는
게으름에 대한 괴로움…

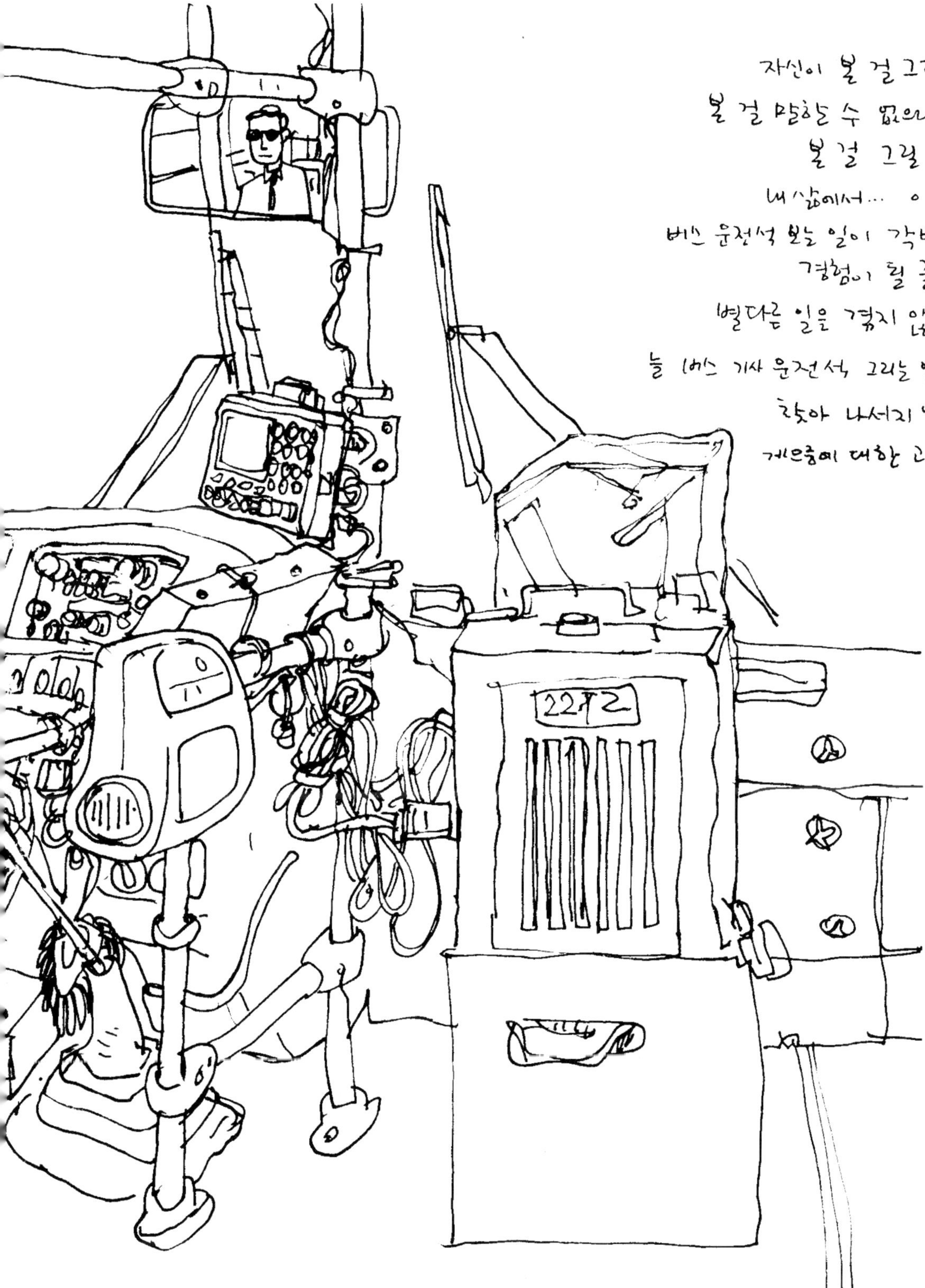

2007. 6. 19. 퇴근 버스.

2007 05 11 퇴촌의 버려진 집.

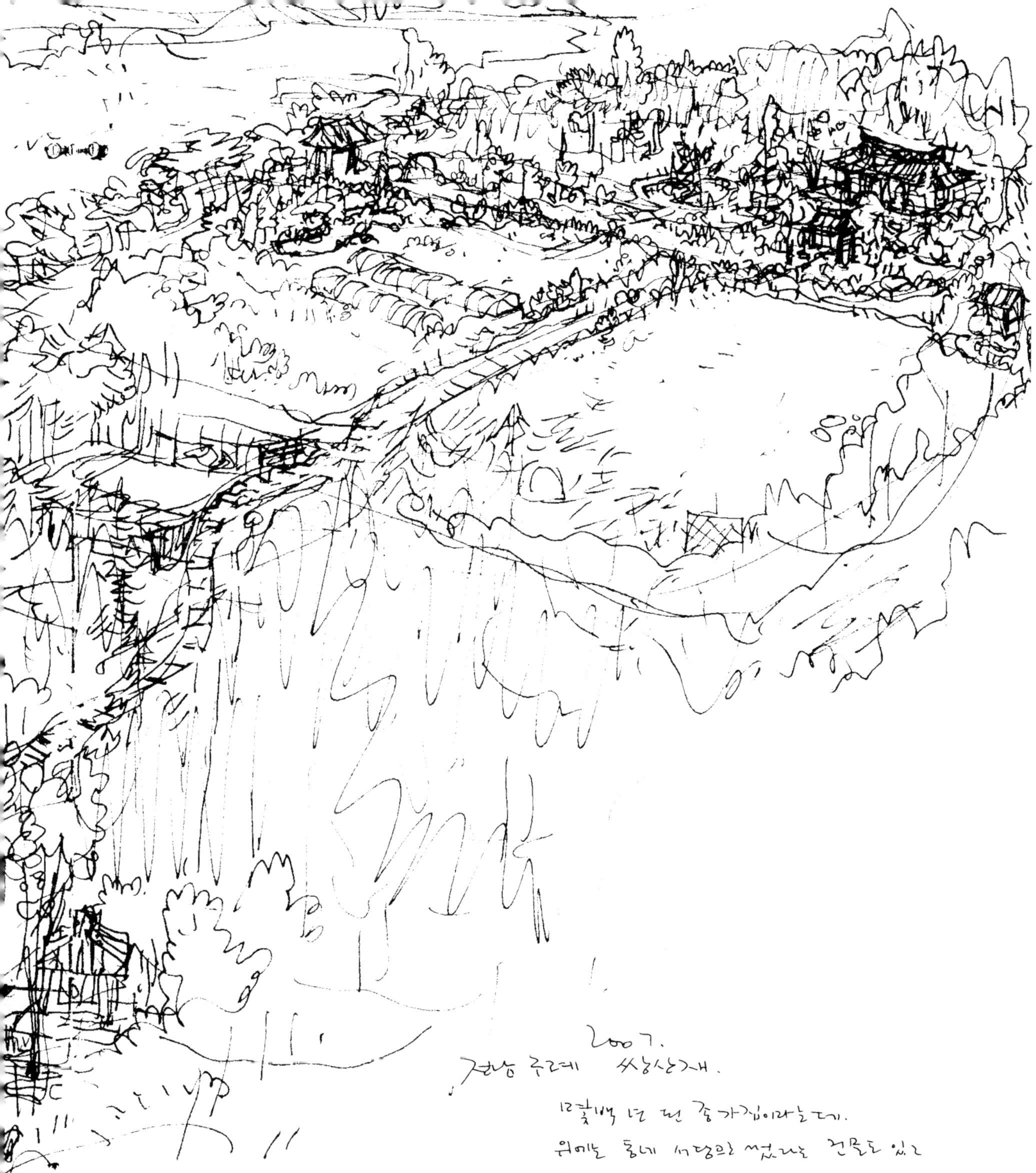

2007.

전남 구례 쌍산재.

몇백 년 된 종가집이라는데.

옛날에는 동네 서당으로 썼다는 건물도 있고

아랫녘에 유명하는 약수도.

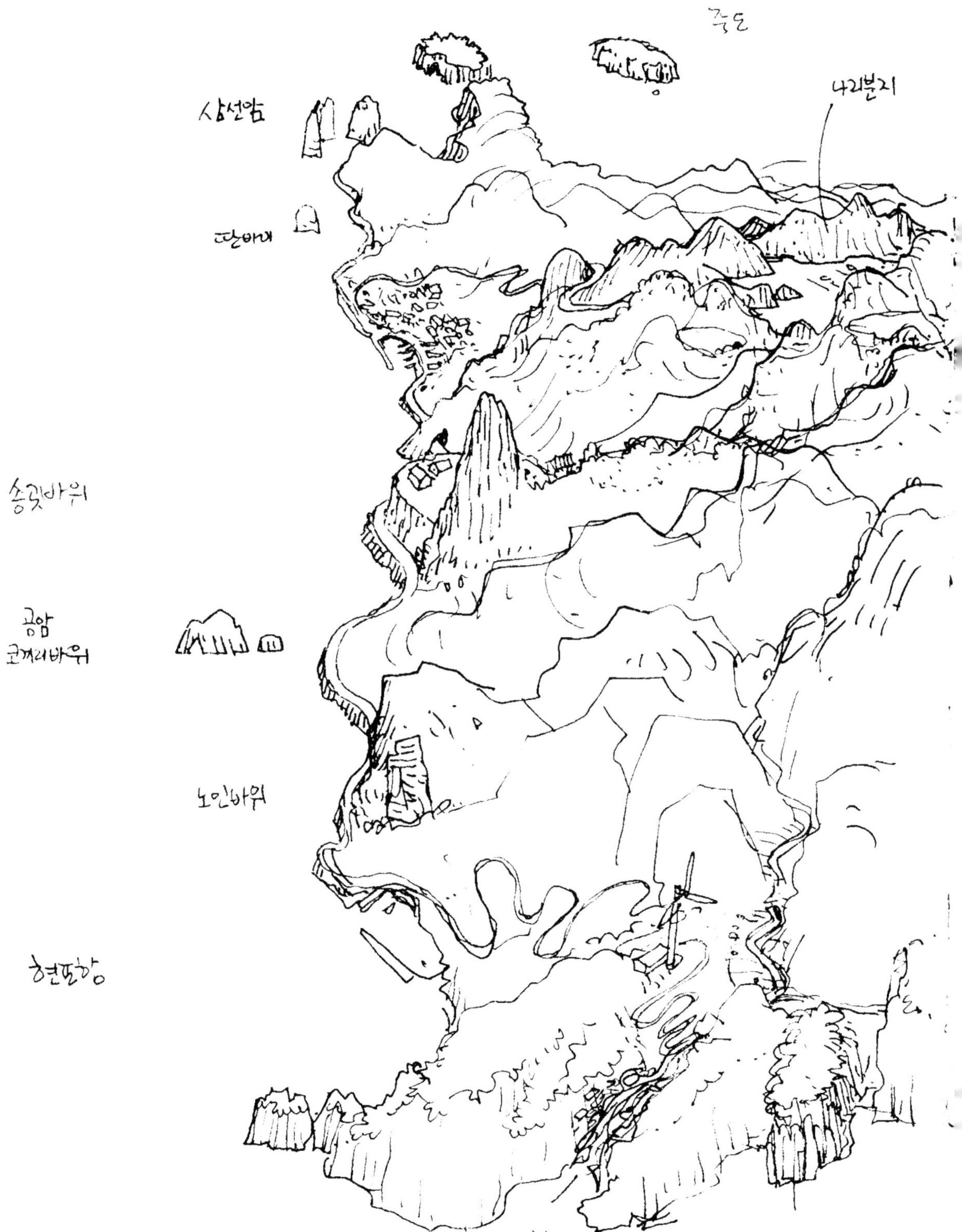

죽도
나리분지
상선암
딴바위
송곳바위
공암
코끼리바위
노인바위
현포항
태하
만물상

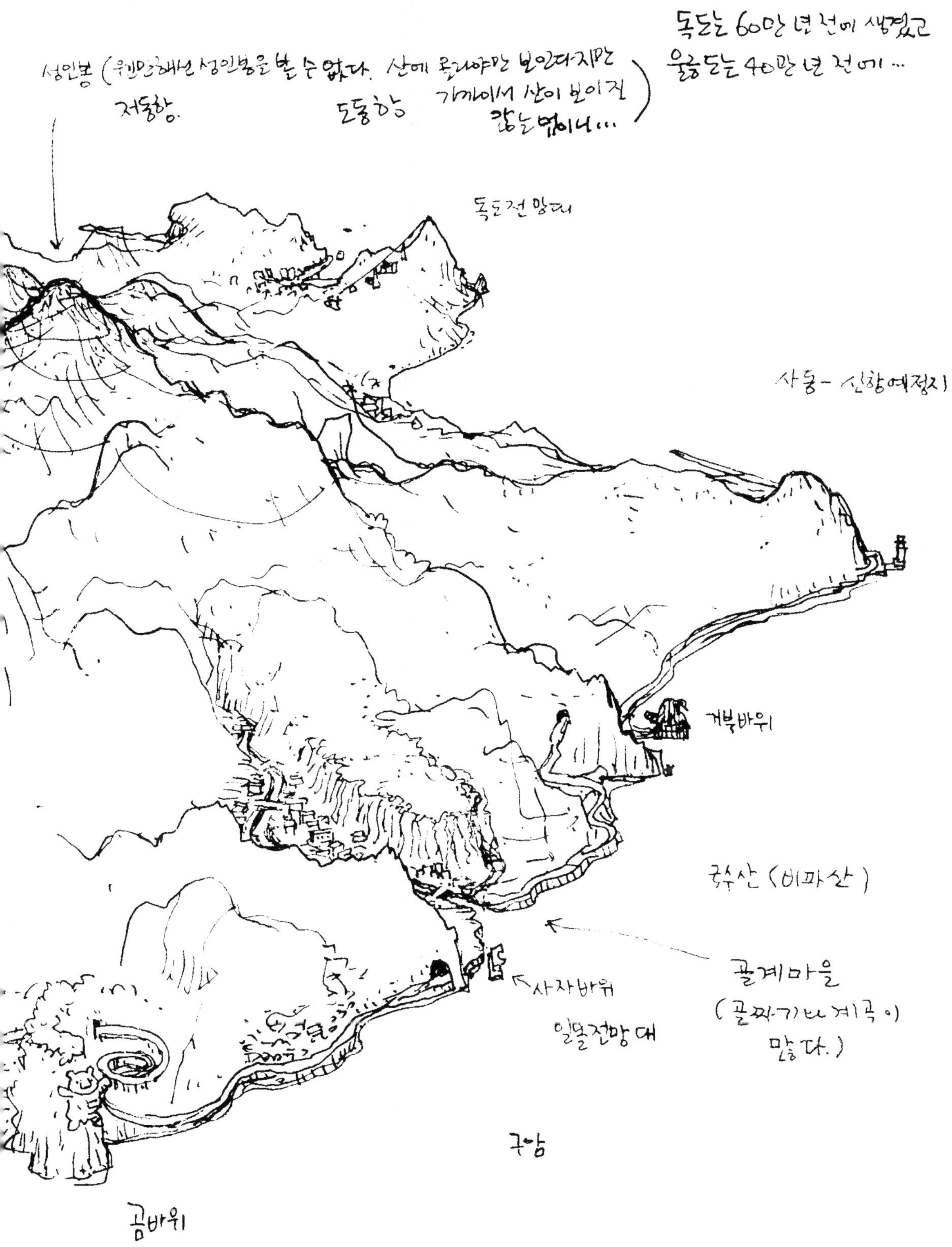
독도는 60만 년 전에 생겼고
울릉도는 40만 년 전에...
성인봉 (우리만해선 성인봉을 볼 수 없다. 산에 올라야만 보인다지만 가까이서 산이 보이진 않는 법이니...)
저동항.
도동항
독도전망대
사동- 신항예정지
거북바위
국수산 (비파산)
골계마을
(골짜기나 계곡이 많다.)
사자바위
일몰전망대
구암
곰바위

2007. 6. 22. 오후3시 40분.. 도동항에서 1시간 반을 멀미나게 달려간 독도.
접안 상태가 좋지 않아 갈팡질팡하다가 결국 다 내리지 못했고
섬 한 바퀴도 못 돌고 되돌아 왔다.

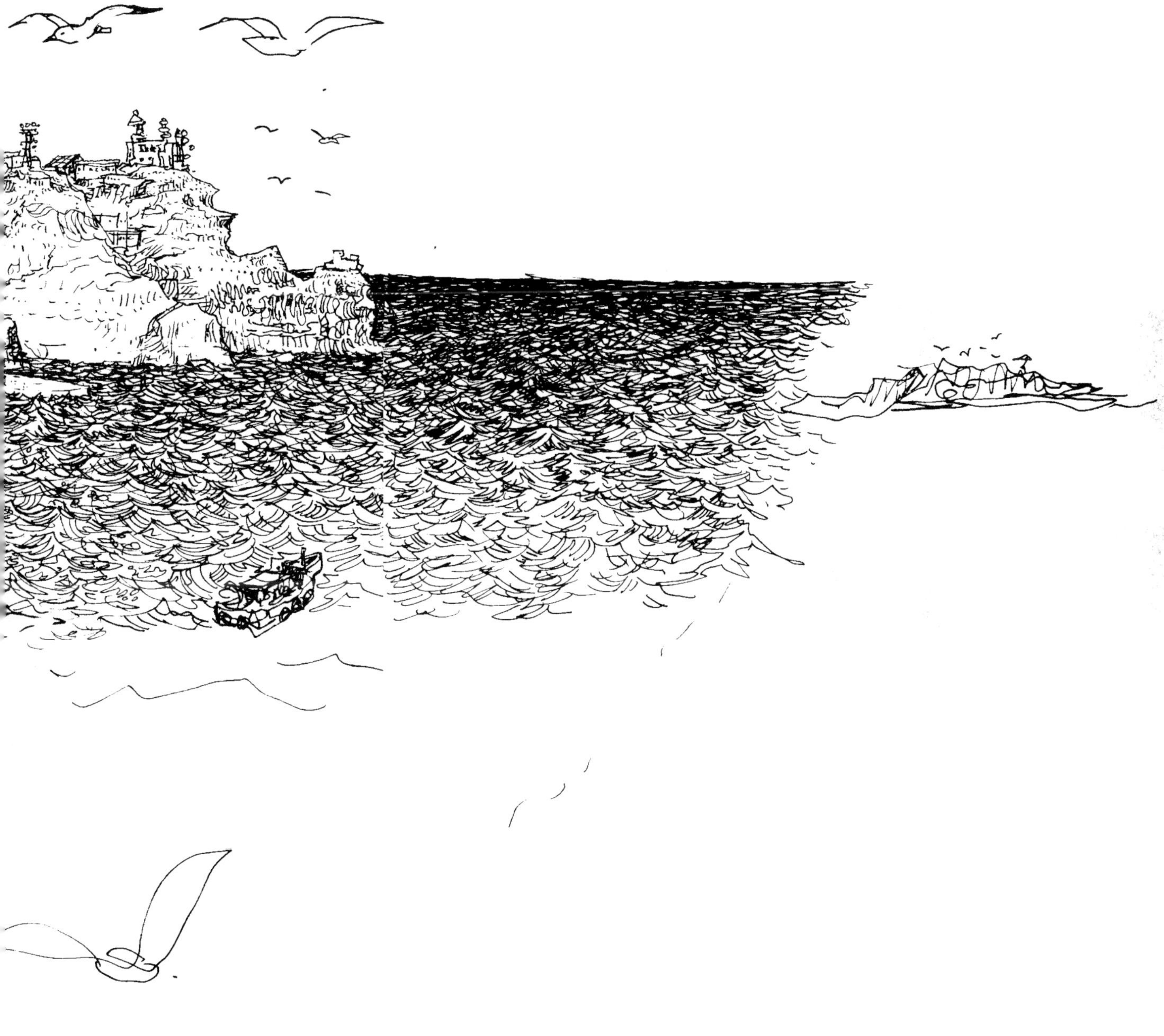

20070517. 수술 받고… 8시간 동안 소변이 나오지 않아 고생한 후…

소변을 볼 뒤에는 소변통을 어찌 치우나 혼자 고민한 것 때문에 몸을 움직이지 못한 상태에서 대변을 본다는 것은 상상하기도 싫었다. 대변 처리지 못할 때의 심정을 쓴 모리의 화요일 구절이 생각났다.

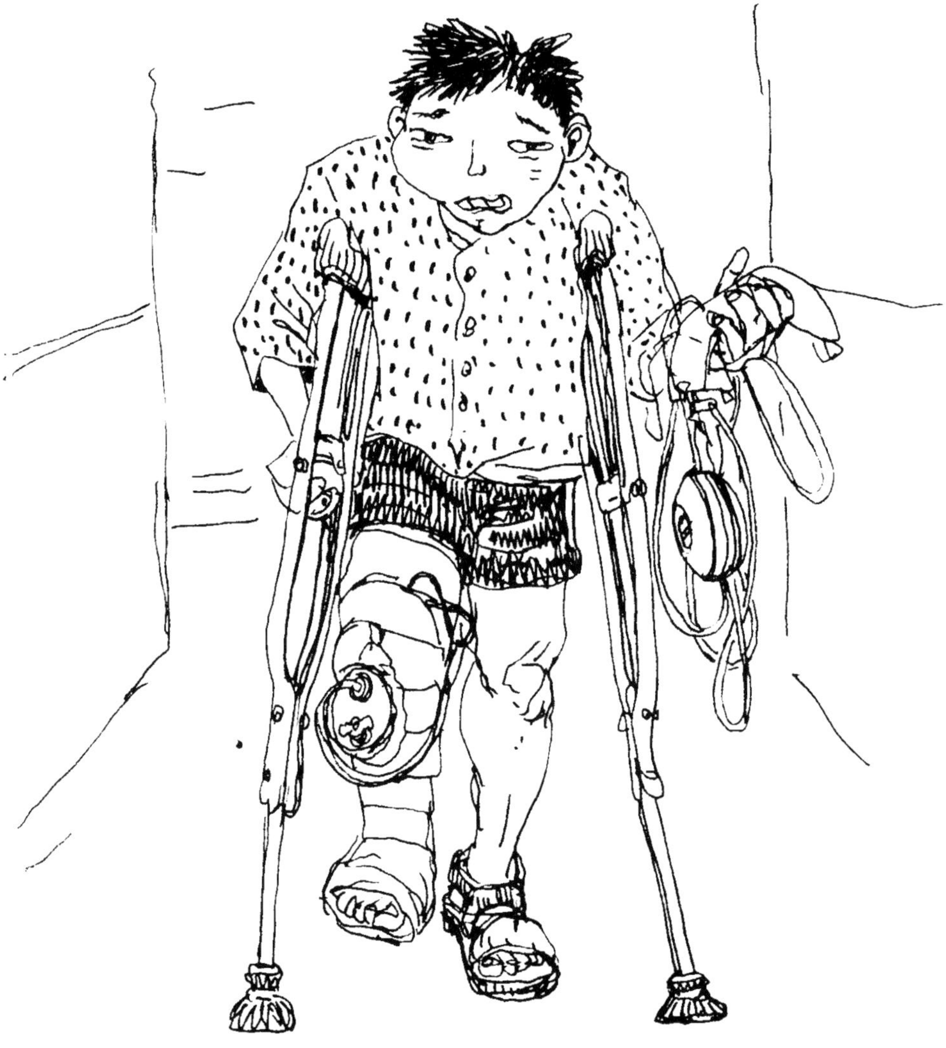

결국 수술 다음날 밥을 많이 먹지 않았다. 30시간을 굶었건만 조금 먹다가 빨리 대변이 나오면 곤란할까 봐. 그래서 수술 후 40시간 만에… 혼자서 목발 짚고 일어설 만한 때가 될 때까지. 참고. 참아서. 드디어 화장실로 간다.

그런데… 그렇게 다니지 말라고 야단맞았다. 도와 줄 테니 몽변기에서 일 보라 한다.

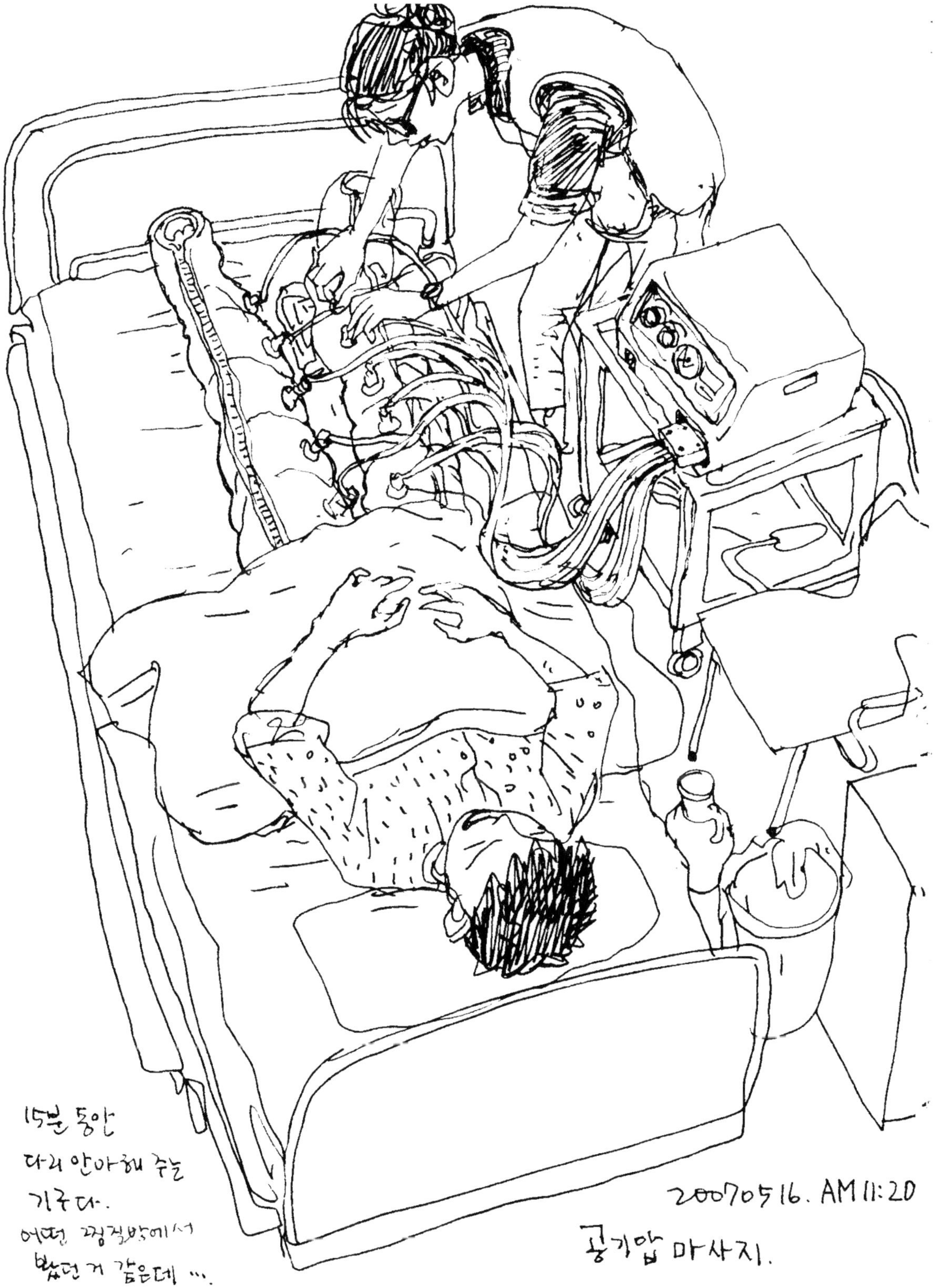
15분 동안
다리 안마해 주는
기구다.
어떤 찜질방에서
봤던 거 같은데 ...
20070516. AM 11:20
공기압 마사지.

2007. 5.
신우병원 1병실
지겹도록 누워있다. 나이가 비슷하신 할아버지 두분이 나란히 계셨는데..
한분은 전라도, 한분은 경상도 무척 대조적이었다.
2주일 누워있으니 퇴원할 때쯤엔 TV드라마 도사가 되어간다.

작품 해설

| 을지로순환선의 세밀함과 따듯함 그리고 경계에 대해서 |

박인하

을지로순환선의 세밀함과 따듯함에 대해서

최호철은 좋은 직장 동료다(같은 학교의 선생으로 근무한다). 선생 최호철을 이야기하라면 훨씬 더 쉽게 말하겠지만, 이 지면에선 선생이 아닌 최호철에 대한 이야기를 해야 한다. 그러려니 어렵다. 회화 작가로, 일러스트레이터로, 만화가로 최호철을 이야기하기는 쉽다. 그러나 그가 어떻게 생활하고, 어떻게 작품을 하는가를 잘 알고 있는 동료로 선생이 아닌 작가로 최호철을 이야기하기는 정말 어렵다. 사실 나는 그가 세계에 대해 갖고 있는 따듯한 애정이나 그 애정을 표현하는 방법을 지지하지만, 그렇다고 그가 '좋은 만화가'라고 평가하지는 못하겠다. 이것은 애정과는 별개의 문제다. 만화 〈태일이〉에서 쉽게 다루지 못한 인물을 만화로 그려냈다고 해서, 그가 단박에 좋은 작가가 되는 것은 아니다.

그는 세밀하게 일상을 관찰하고, 관찰한 일상을 종이에 묘사하는 것을 좋아한다(그의 표현을 빌자면 그것은 '낙서'다). 그의 작품에는 많은 사람들이 등장한다. 한 사람 한 사람이 이야기를 갖고 있다. 이것은 단기간에 발견해낸 재능이 아니라 항상 휴대하는 스케치북에서부터 시작되는 끈질긴 노력의 결과다. 무엇보다 기본적으로 사람에 대한 애정과 진보에 대한 믿음에서 시작된 것이다.

최호철은 세밀함의 작가다(세밀함의 의미는 표현과 내용 양쪽의 측면을 모두 지칭한다). 일상적으로 관찰하고, 그 관찰을 메모한다. 그가 겪는 일상의 이야기들은 스케치북에 빼곡하다. 이야기를 담은 그림이 독립된 화면으로 빠져나올 때, 그의 만화는 완성된다. 스케치북에 산개(散開)한 사람, 그리고 그 사람들의 이야기는 '압축된 광각의 서사'를 통해서 빠져나온다. 최호철의 특성이 극명하게 드러나는 것이 바로 (이름 붙이자면) '압축된 광각의 서사'다.

최호철은 작가 자신이 관찰하고 체험하며, 취재한 사람들의 이야기가 칸과 페이지에 실려 나오기보다는 한 칸에 밀집되어 표현하기를 즐겨한다. 이야기를 섬세하게 풀어내기보다는 일순간에 담아낸다. 그래서 그의 작품은 주로 한 화면에 집중되어 있다. 윌 아이스 너의 정의를 빌자면, 만화는 연속 예술인데 최호철의 작품에는 병렬로 연결된 서사보다는 한 화면에 산개된 인물과 이야기가 존재한다.

1990년대 중반 이후 작업된 그의 작품이 미술계에서 회화로 받아들여지는 이유다. 그의 서사는 연속되지않고 압축된 순간에 집중한다. 물론 그 안에는 여러 층위의 서사가 존재한다. 마치 층층의 레이어처럼, 다양한 삶의 모습들이 겹쳐져 있다. 그래서 그의 작품을 보면 오랜 시간 여러 레이어를 풀어내야 이야기를 읽어낼 수 있다. 스콧 맥클루드의 정의를 빌자면, 그의 그림은 '의도된 순서로 병렬'되지 않기 때문에 회화라고 봐야 한다. 1990년대 중반에 발표한 대표작 '을지로순환선', '우리 사는 땅', '와우산', '노동자대회날'이 모두 그렇다.

'을지로순환선'을 보자. 감당하기 어려울 정도로 정보의 홍수다. 가장 멀리에는 서울을 감싸고 있는 산들이 보이고, 남산타워도 보이고, 한강과 다리들도 보인다. 빌딩 사이로 난 길에 가득한 차들도 보이고, 그가 나서 자란 산동네와 똑같은 모습의 산동네도 보인다. 그 산동네 안에는 각각 독립된 인물들이 살고 있다. 그 옆에는 거대한 공장이 있고, 공장 안에도 사람이 있다. 지하철 안으로 들어와도 마찬가지다. 사람들은 별도의 레이어로 존재한다. 다시 왼쪽으로 시선을 돌리면, 버스를 탄 사람들이 있고, 빌딩의 사람들이 있고, 또 그 밖의 풍경이 있다. 광각으로 잡은 풍광 안에 각각 사연을 담은 사람들이 앉아 있다.

최호철은 매일매일 자신의 삶 속에서 만난 사람들에 대한 이야기를 한 화면에 압축해서 쏟아낸다. 한 장의 그림에 거대한 장편 서사가 있다. 다양한 이야기와 가치와 삶의 모습들이 충돌한다. 평범한 사람이 보기에 끔찍함에 가까운 작업을 최호철은 태연하게 해낸다.

1990년대 중반의 회화 작품들을 제외하면, 그의 소품들은 독해가 훨씬 쉽다. 최호철이 작업한 소품은 크게 두 종류가 있다. 사실 무척 단순하지만 인물이 적게 나오는 작품들은 간단한 연재를 통해 완성된다. 이 작품들은 주로 작가가 일상을 살면서 느낀 감동의 순간들과 거의 일치한다. 여기서 '감동'이란 삶이 주는 따뜻함의 순간을 의미한다. 따뜻함의 순간은 높은 아파트를 도색하는 인부가 줄 하나에 매달려 담배 한 개비를 피우는 휴식의 순간이며, 선보는 친구가 오랜 시간 동안 넥타이를 매며 기분 좋은 얼굴로 거울을 보는 장면이다. 아침에 잠이 덜 깬 얼굴로 이빨을 닦는 아이의 얼굴이나 지하철 역 입구에서 우산을 팔다 졸고 있는 행상의 얼굴이다. 이게 무슨 '결정적 순간'이냐고 되물을지 모르겠지만, 우리 삶은 그렇게 자질구레한 것들이 모여져 완성된다. 길가의 시끄러운 소음 속에서 쏟아지는 졸음에 굴복하는 것이고, 아이에게 젖을 먹이다가 잠이 드는 엄마의 모습이다. 인물이 많이 나오는 소품들은 한 개인의 이야기보다는 공유하는 사람들의 이야기가 있다. 이태백, 삼팔선, 사오정처럼 수많은 실업자들이 모여 있는 공공도서관의 아침 풍경이나 새롭게 시작되는 초등학교의 모습, 이는 성남 모란 오일장의 모습에는 한 시대를 함께 살아가는 평범한 이들의 삶이 있다. 이 평범한 이들의 삶은 내 삶과 오버랩되고, 그 안에 무심한 듯 서 있는 사람들의 얼굴이 나에게 감동을 준다. 그들에서 내 모습을 발견하기 때문이다.

한 화면에 존재하는 압축된 광각의 서사는 최호철 작품의 핵심이다. 그의 작품 목록 중 칸과 칸을 통해 이야기가 전개되는 서사만화는 1995년 신한새싹만화상을 수상한 '자전거 나들이', 1996년 〈이매진〉8월호에 발표한 '식모촌 여배우 실종사건' 그리고 2003년 〈십시일반〉에 발표한 단편 '코리아 판타지', 2003년 10월부터 어린이 잡지〈고래가 그랬어〉에 '태일이'를 연재한 것이 전부다. 최호철은 "사람을 그리려니 이야기가 궁금하고, 공간을 그리려니 둘러싸고 있는 관계를 알고 싶어지게 되었다. 그런 면에서 만화를 그리게 되었는지도 모르겠다. 처음에는 그릴 수 있는 것을 머릿속에서 외워서 그렸고, 다음에는 눈에 보이는 것들을 종이에 담는 맛에 그림을 그렸다면, 이제는 눈에 보이지않는, 세상들을 얽어내고 있는 관계의 끈들도 보기 좋게 그려낼 수 있는 낙서를 하고 싶다."고 했다. 2000년의 이야기다.

오늘 그에게 바라는 것은 세밀하고 따뜻하게 관찰한 세상들을 얽어매고 있는 관계의 끈을 '만화'로 펼치라는 것이다. 나는 그가 갖고 있는 따뜻하고 섬세한 시선을, 그의 마음이 만화적 형식으로 표현되길 원한다. 그게 바로 만화가의 길이다.

을지로순환선의 경계에 대해서

이 작품집에 실린 작품들 중 제 정체성을 '회화'로 갖고 있는 작품들도 있다. 오늘날 최호철을 있게 한 유명한 그 작품 '을지로순환선'이나 '우리 사는 땅', '와우산', '노동자대회날'이 그렇다. 이들 작품은 최호철 내부에 존재하는 만화적 자아와 회화적 자아 중 회화적 자아가 우선되어 작업한 작품들이다. 작가 자신도 '회화'로 생각하고, 작품도 '회화'로 만들어졌으며, 진짜 원본은 미술관에서 보관되어 있는 회화 작품이다. 그러나 그 회화가 복제되어 작품집에 실리는 순간, 회화 도판이 아닌 만화로 탈바꿈한다. 그래서 나는 이 책을 만화 작품집으로 보고 싶다.

이 지점에서 때론 지루한 논쟁을 할 수도 있다. '을지로순환선'(2000)을 소장하고 있는 국립현대미술관의 김인혜 학예사는 "압축을 풀어 칸으로 벌리는 연습"을 해야 한다는 나의 당부에 대해 아래와 같은 반론을 제기했다.

최호철의 작품에 대해, 만화의 만화성이 부족함을 지적하며, "압축을 풀어서 칸으로 벌리는 연습"을 해야 한다는 박인하 만화평론가의 비평은 그런 점에서 타당하지 않다고 생각한다. 작가 최호철의 자질은 회화와 만화의 장르간 경계 위에서 아슬아슬한 곡예자로 남아 있을 때에 오히려 그 빛을 발할 것이기 때문이다. 그의 '그림'은 단행본 〈을지로순환선〉으로 출간된다고 한다. (국립현대미술관 웹사이트 참조)

이 글은 최호철의 미덕이 회화와 만화의 장르간 경계 위에 있을 때 빛을 발한다고 지적한다. 그런 시각에서 본다면, 이 작품집은 김인혜 학예사의 강조대로 '그림', 즉 '회화 작품집'이 되겠다. 하지만 최호철은 만화 장르와 회화 장르의 경계에서 다양한 작업을 하는 예술가이자 만화가이다. 이 책이 '만화작품집'으로 읽혀지는 이유는 그가 그의 '그림'에 담아내고 하고 싶은 이야기가 많기 때문이다. 헛갈리는가? 명백한 회화인 '을지로순환선' 등이 이 작품집에서 만화로 대접받는 이유는 그 안에 수많은 칸이 있고, 칸마다 사람들의 이야기가 있기 때문이다.

최호철이 비록 커다란 캔버스에 그려냈다 하더라도 그는 보이지 않는 칸을 사유하고 있었고, 그 칸을 사유했기 때문에 그의 작품은 '만화'로 읽히는 것이다. 화가 이동기가 아무리 아톰과 미키 마우스를 짬뽕시켜 작품을 그린다 해도 만화로 읽히지 않는 이유와 같다. 아무리 만화처럼 보이게 그려도 그 안에 이야기와 칸이 없다면 그것은 만화처럼 보이는 회화일 뿐이다. 커다란 캔버스에 그림을 그리던, 생활정보 무가지나 일간신문에 그림을 그리던, 어린이 잡지에 그림을 그리던 간에 최호철은 그 안에서 칸과 이야기를 사유한다. 그래서 그의 작품은 만화다.

문제는 '경계'다. 이것은 최호철의 장점이자 단점이다. 경계에 있기 때문에 최호철의 작품세계에는 만화적 자아와 회화적 자아가 공존한다. 만화로 해석하는 사람들에게는 만화적 자아가 보이고, 회화로 해석하는 사람에게는 회화적 자아가 보인다. 또 이 두 자아는 작가의 내면에서도 격렬하게 자리다툼을 벌인다. 여러 미술행사에 초빙되거나 큐레이터를 만나는 순간, 커다란 화면에 담고 싶은 이미지를 발견하는 순간, 자신의 이야기를 칸 안에 효과적으로 담아내기 어려운 순간, 매 순간 순간 그는 갈등한다. 그렇게 갈등의 연속을 이겨내며 2007년 11월 첫 만화 단행본 〈태일이〉 1, 2권을 내고 또 이 책 〈을지로순환선〉을 내었다.

이 갈등은 힘이다. 그는 어린 시절 그림을 잘 그리던 소년, 고등학교 시절 미술부 교실에서 죽어라 그림만 그리던 소년, 한국에서 그림 좀 그린다는 사람들이 모이는 대학에 들어가 그림만 그리던 청년이었다. 자기가 하고 싶은 이야기가 많고, 또 해야 할 이야기가 있기에 만화 작업도 시작하게 된 것이다.

나는 최호철은 세밀하며, 서사를 연속시키지 않고 압축시킨다고 말하곤 했다. 세밀함은 그가 갖고 있는 대상에 대한 애정에서 나온다. 그는 자신이 바라보는 대상에 대한 애정을 번안해 자신의 스케치북에 기록하고 글을 적어 이야기를 부여한다. 이 책이 묶인 대다수의 작품이 그런 방식을 통해 최호철에게 포착된 것들이다. 그리고 이후 여러 번의 고통을 거쳐야만 지면에 선을 보일 수 있다. 고통의 시간은 작가에게 괴롭기만 하다.

그런 산고를 거쳐 나온 책이다. 독자 여러분도 이 책을 읽으면 작가가 포획해 번안한 이야기를 들을 수 있을 것이다. 여러 사람들의 이야기를 담은 2008년 첫 작품집 〈을지로순환선〉의 출간을 축하하며 또 격려한다.

박인하 | 만화평론가·청강문화산업대학 만화창작과 교수

작가 노트

| 본 걸 그린다 |

최호철

관계는 보이는 이미지 뒤에 숨어 있다

본 걸 그린다.
머릿속으로 상상해서 그리는 것보다는 눈으로 본 것을 그리는 것을 더 좋아한다.
모자란 상상력을 보충하듯 더 많이 보는 것이 그림을 풍부하게 만드는 유일한 방법이었다.

되도록 많은 것을 보고 하나를 보더라도 자세히 보려고 한다. 그러다 보니 그냥 보고 그린 것보다 뭔가 세상의 이치랄까 그림 속 대상들의 관계가 잘 드러난 그림이 더 흥미로웠다. 하지만 그만큼 그리기 힘들다는 것도 알았다. 그것은 세상을 엮어내는 관계란 것이 보이는 이미지 뒤에 숨어 있기 때문이다. 숨바꼭질처럼.

관찰하다 슬쩍 미소를 짓고 그려나간 그림을 남긴 화가들을 떠올려 본다. 잘 바라보고 망설임 없는 필치로 세상을 그렸던 그림쟁이들이다. 진경 산수의 겸재 정선, 풍속화의 김홍도, 브뤼겔이나 고흐를 좋아한다.

눈으로 본 것을 선으로 그려내는 팽팽한 재미를 즐기다 보니 선을 중요시 여기는 만화와 만났다. 숨어 있는 관계를 한 장에 표현하기 힘들 때 이야기를 시공간으로 표현하는 만화는 큰 힘이 된다. 또 만화를 통해 배운 은유와 상징이 다른 그림을 그릴 때도 도움이 되고 있다.

언제부턴가 애써 그린 그림이 소수에게만 전달되는 전시장보다는 여러 장으로 복제되어 퍼지는 출판물에 의미를 두게 되었다. 복제되는 이미지가 주가 되는 출판 미술인 일러스트레이션과 만화, 아트포스터 등을 그리기 시작했다. 마감을 잘 못 맞추는 못난이가 되기도 했지만 청탁을 받아서 하는 일은 내가 얼마나 모자란지 늘 깨닫게 해 준다.

이 책에 실린 그림들은 청탁 받아 그린 게 아니다. 평소 돌아다니며 보고 끄적거리며 그렸던 것을 좀 정리해서 그려낸 그림들이다. 기회가 되어 매체에 연재하거나 전시하거나 한 그림들이지만, 평소 들고 다니는 스케치북의 작은 그림들과 그 태생은 같다. 주로 근로복지공단 소식지, 생활정보지 《파랑새》, 《작은책》, 《경향신문》, 《뉴스메이커》 등의 매체에 실었던 것들이다. 현대의 풍속화 개념으로 받아들여져 연재가 가능했던 것 같다.

이 풍속화에 등장하는 공간은 내가 다녀 본 곳들이다. 이 책을 보다 보면 어쩔 수 없이 내 생활 반경이 빤히 들여다보인다. 취재를 위해 적극적으로 시간을 많이 낸 흔적이 별로 없었던 걸 들킨 것 같다. 특별한 장소도 없고…. 부끄럽지만 그것은 게으름 탓이다. 하지만 이 풍속화에 등장하는 사람들의 에너지에는 한없는 존경심을 가지고 그렸다. 그 에너지를 통해 관계의 숨바꼭질이 시작되니까.

몇몇 그림에 대한 설명을 붙인다.

을지로순환선

"저 남산 타워쯤에선 뭐든 다 보일 게야.
저 구로공단과 봉천동 북편 산동네 길도
아니 삼각산과 그 아래 또 세종로 길도…."

당시 민중가수이던 정태춘의 '92년 장마, 종로에서'라는 노래의 노랫말이다. 십여 년 전에 무척 좋아해서 흥얼거리곤 했다. 그러면 머릿속에 노래 속의 익숙한 공간 이미지들이 겹치면서 서울 하늘을 날아다니는 느낌에 젖곤 했는데 그걸 내 그림에 살려 보고 싶었다. 그때부터 그리기 시작한 게 〈을지로순환선〉이다.

〈은하철도 999〉마냥 하늘로 날아가고픈, 하지만 도시 한구석의 변두리 다음 정거장에 내려앉을 수밖에 없는 전철 안. 사람들은 길쭉하게 앉아 있고 시무룩하다. 반면 창밖의 풍경은 아직 이른 봄날이다. 춥고 흐린 날씨에도 밝고 정겹게 보이는 동네다. 도시는 전체적으로 우중충해도 그 가운데 희망이 있다. 그 희망 주변을 전철이 맴돈다. 일터에서 가정으로.

하지만 그 희망찬 동네는 곧 재개발되어 사라질 때를 기다리고 있는, 뭐 그런 서울살이에 대한 버거움을 이야기하고자 했다. 몇 년 동안 수없이 고쳐가며 그렸다.

와우산

어릴 때부터 서울 신촌에 소가 누워 있는 모양의 산이라는 와우산의 아랫동네에서 살았다. 나름 화가로 살아가던 어느 하루, 집 약도를 보내달라는 부탁을 받았다. 워낙 골목이 겹겹이 있는 동네라 자세히 그리려니 새록새록 떠오르는 기억들이 뒤엉키며 재미가 붙기 시작했다. 어느새 약도 이상의 그림이 되기에 아예 마음먹고 동네의 풍경을 그렸다.

한창 이동 시점과 원근법 표현에 빠져들 무렵이라 대상마다 시점의 높이를 달리하여 즐겁게 그렸다. 사실은 주변 건물들에 가려 잘 보이지도 않는 동네의 작은 산일 뿐이지만 어린 시절 내 마음속에 있던 덩치로 그려내고 싶었다. 작지만 내가 사는 이곳이, 이 터전이 세상의 중심이라고.

그리고 다른 그림들

'이번 정류장'은 퇴근길 수색 근처의 혼잡하고 시끌벅적한 버스 정류장의 소음을 그리고자 한 그림이다.

'우리 사는 땅'은 서울 도심가를 도시 서민의 눈으로 내려다보는 시점을 처음으로 시도해

본 그림이다. 중심 동네는 창신동과 아현동이다. 그 골목들을 떠올리며 구성한 것이다.

'노동자 대회날'은 1993년 효창공원에서 열린 노동자 대회의 기억을 되살려 재구성한 그림이다. 대회 다음 날 공덕동을 지나 여의도까지 가는 가두 행진에 참석했었다. 행진을 하며 조선 시대 '어사 행렬도' 같은 것을 떠올렸었다.

INDEX

018 019

020 021

022 023

024

028 029

030 031

032 033

034

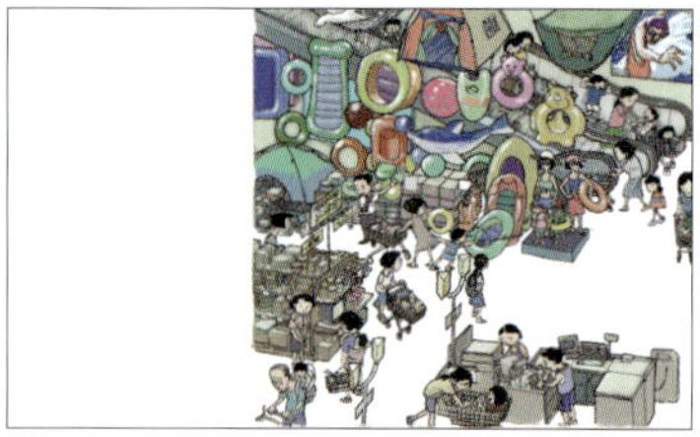

036 037

038 039

040 041

042

044 045

046 047

048 049

050

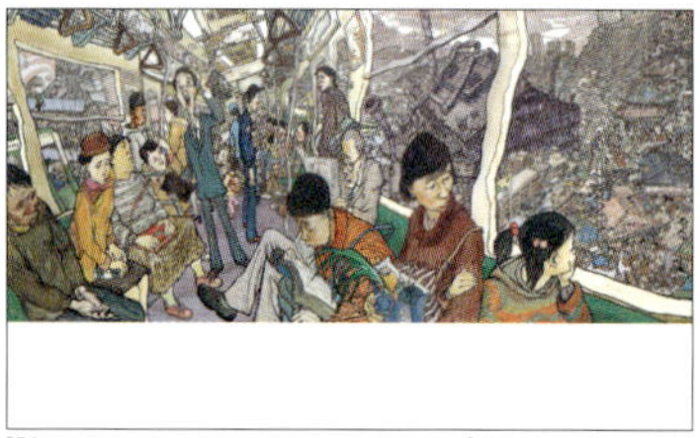

054 055

056 057

058 059

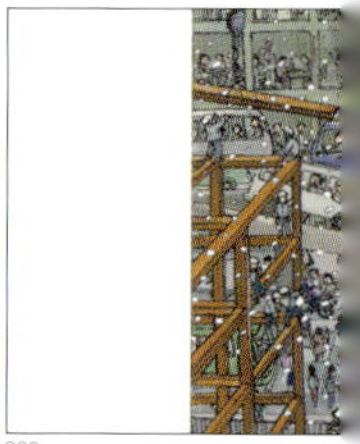

060

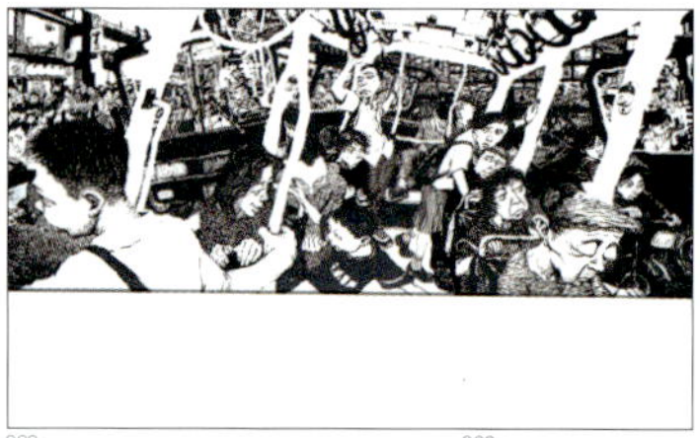

062 063

066 067

068 069

070

025

026 027

035

043

051

052 053

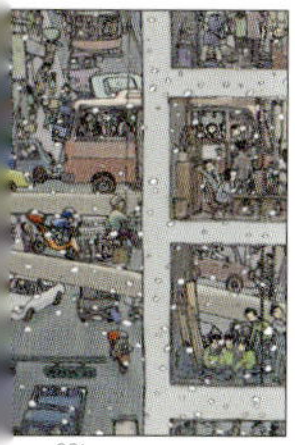
001

071
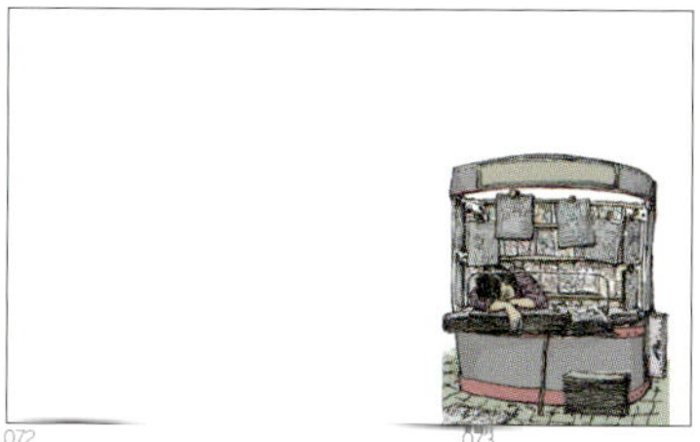
072 073

INDEX

074 075

076 077

078 079

080

086 087

088 089

090 091

092

094 095

096 097

098 099

100

106 107

108 109

110 111

112

118 119

120 121

122 123

124

128 129

130 131

132 133

134

081

082 083

084 085

093

101

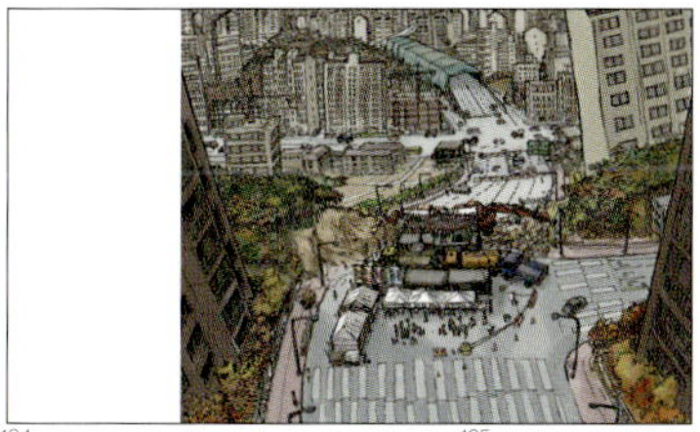

104 105

113

114 115

125

126 127

135

136 137

138 139

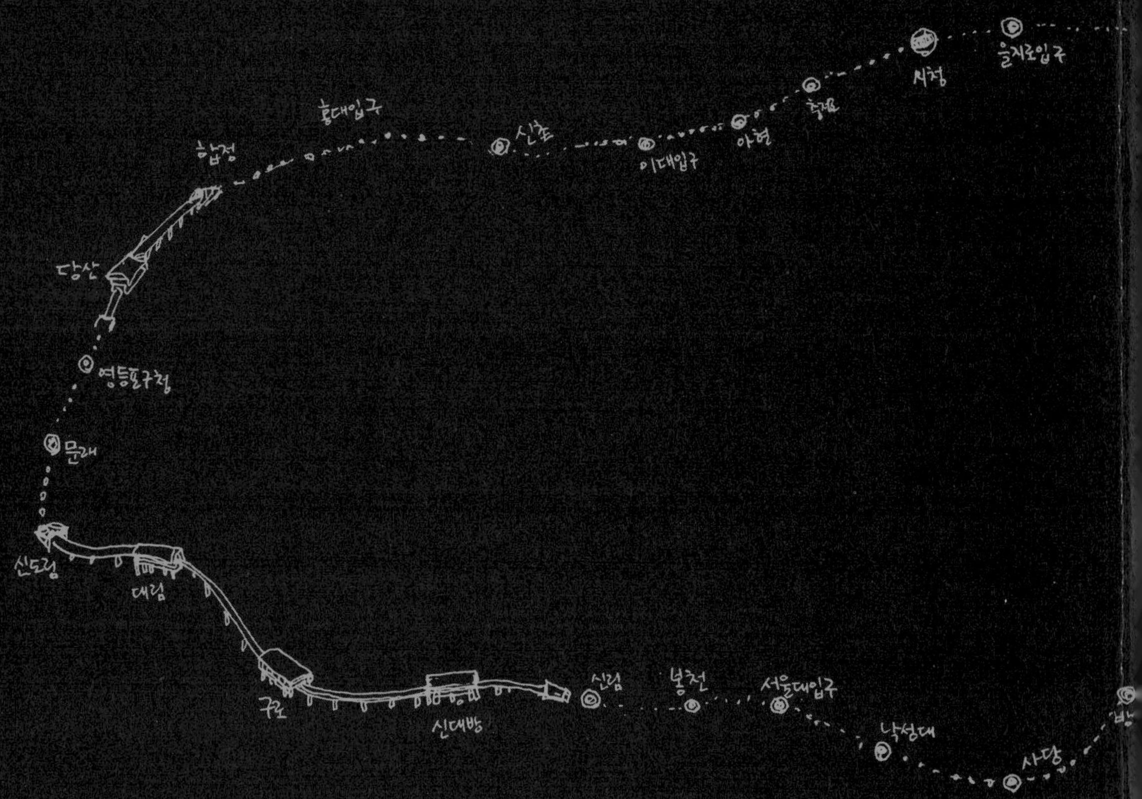

최호철

1965년에 태어나 서울에서 자랐다.
어린 시절부터 말이나 글보다 끄적거리며 그림으로 이야기하는 걸 좋아했다. 뭐든지 관찰하면서 그리는 것에 흥미를 가졌는데 그 관심은 후에 민중미술, 다큐멘터리 그림으로 이어졌다. 홍익대학교 미술대학에서 회화를 전공했고, 졸업 후 화가로 활동하다가 점차 애니메이션, 출판 일러스트레이션, 만화 등으로 작업 영역을 넓혔다.
작은 스케치북을 가방처럼 메고 다니면서 습관처럼 사람과 공간을 스케치한다. 펜의 힘이 따듯하게 전해지는 친화력으로 우리 이웃들이 지닌 삶의 고단함과 정겨움을 스케치로 기록한다. 번호를 매겨 작업실 선반에 빼곡하게 얹어 둔 스케치북은 이제 120권에 이른다. 삶의 여정을 함께한 그림 일기장인 셈이다.
자유로운 스케치들은 이야기가 가득한 작품으로 재탄생된다. 봉천동 달동네와 신도림역, 전철 안 인물 스케치가 모티프가 된 작품이 바로 〈을지로순환선〉이다. 홍대와 당인리 발전소, 난지도, 63빌딩의 풍경을 광각으로 유려하게 담아낸 〈와우산〉은 동네 약도를 스케치하다 발전시킨 작품이다. 공간 구성력과 인물 묘사력이 탁월한 그는 만화와 회화의 경계에서 이른바 현대 풍속화라는 독특하고 만화적인 그림 장르를 구현해내고 있다.
현재 장편 만화 〈태일이〉를 연재 중이다. 청강문화산업대학 만화창작과 교수로 만화의 기초가 되는 그림 이론과 실기를 가르치면서 스스로도 그림 그리는 재미에 푹 빠져 산다.